KB096604

중학생일기

글·그림 박문정

중학생 일기

발 행 | 2022년 1월 12일

펴 낸 곳 | 주식회사 부크크
지 은 이 | 박문정
지도·감수 | 강정희, 서영희
주 관 | 부천시
시 행 | 부천시립상동도서관, 부천부흥중학교
주 소 | 서울특별시금천구가산디지털1로119 SK트윈타워A동305호
전화 | 1670-8316
이메일 | info@bookk.co.kr
isbn->979-11-372-7005-3

이 책은 유네스코(UNESCO) 문학창의도시 부천시가 주관하고 부천시립상동도서관이
시행하는 〈중학생 대상 일인일저 책쓰기〉프로그램에 의해 출간되었습니다.

중학생 일기

박문정 지음

이 글은 한 번이라도 공부라는 것을 해본 사람이라면 모두 편하게 볼 수 있을 거에요. 중학생이 되고, 나보다 멋지고 잘난 사람들을 많이 만났습니다. 그게 공부든, 인성이든 간에요. 세상과 사회가 특별함과 '유일무이한 것'에 집착하는 것을 알았기에 더욱더 '멋지고 잘난 사람' 이 되어야 했고요. 많은 상처를 입었고, 버려도 보고, 버림을 당해보기도 했어요. 많은 사람들이 이 글을 읽을 거라고 생각되지는 않지만, 한 명이라도 이 글을 통해 얻는 것이 있었으면 합니다:) 주의사항이 있다면 제가 겪고 느낀 감정을 모아 둔 글이니 본인과는 다를 수 있다는 점. 감안하고 읽어주시기 바랍니다.

프롤로그

〈목 차〉

에필로그

1. 전학과 자존심

청소가 제대로 되지 않아 먼지와 오래되어 모서리가 뭉툭한 책들이 쌓여있는 방의 구석에서 빨간 표지의 소설책과 노란 표지의 문제집을 꺼냈다.

책상 위에 문제집과 필통을 세팅하고 만원짜리 볼펜샤프를 꺼냈다. 그냥 볼펜일 뿐인데. 평범한 볼펜보다 부드러운 것 말곤 다를 것도 없는데도 세네 배 가격이라니...말도 안된다고 생각한다. 하지만 파는 사람이 보고 평가해 정한 가격, 내가 뭘 어쩌겠어. 실없는 생각을 그만두고 핸드폰 속의 칠판에 시선을 고정했다. 청록색의 커다란 배경 위에 적혀지는 하얀 글자들. 좁쌀만해 잘 보이지도 않는 글자 속에서 핵심 단어를 찾는 것. 그게 오늘의 과제였다. 분명 뇌 한쪽에서는 과제를 끝마치라 소리치는 것이 선명히 들리지만 그 언저리 말고는 모든 감각이 각기 다른 곳을 바라보고 있는걸…….

"벽지 갈아야겠네…누런 것 봐."

"지금 몇 시지? 시간 꽤 지난 것 같은데."

"나 어제 일기 쓰고 잤던가? 바빠서 그냥 잔 것 같은데"

잡생각을 거두려 물을 마셨다. 갈증이 해소될 뿐이었다. 정신 차리자며 뺨을 때렸다. 뺨이 얼얼할 뿐이었다.

"아…….."

결국은 눈에 보이는 단어만 마구 휘갈긴 뒤 문제집을 덮었다. 이 글씨 같이 보이지도 않는 것들이 핵심 단어가 아닌 것쯤은 알고 있었다. 그럼에도 중요하지 않은 단어를 휘갈긴 것은. 그저 작기에 나만 겨우 볼 수 있을 만큼의 자존심. 그뿐이었다

어제 그렇게 공부를 망쳐놓았지만 아침밥은 잘만 들어간다. "오늘은 학교 처음 가는 날이니까.……."

이곳으로 이사온 지 이틀. 제대로 정리된 것이 하나도 없지만 학교는 간다. 전에 다니던 학교와는 많이 다른 외관과 분위기. "뭔가…여기가 좀 더 어두운 느낌이랄까?" 오래된 것 같아 보이는 벽돌로 둘러싸여진 학교. 내일부터 이곳으로 등교해야 한다. 아빠는 별 걱정도 없어보였다. 갓 중학생이 전학이라고 해봐야 일주일이면 적응할 거라고 생각하는 거겠지. 하지만 나는 소심한 것을 넘어 불편한 사람과 함께 있을 바에 자발적으로 아싸를 택하는 전형적인 "우리 반에 저런 애도 있었나?"이기 때문에 학교 지도를 보며 웃는 아빠 옆에서 근심걱정 가득한 얼굴로 한숨을 내쉴 수밖에 없었다.

땀을 뻘뻘 흘리며 도착한 교장실. 교무실에서 받아온 교과서를 꼭 안고 교장선생님을 바라봤다. 아. 바라보긴 했다. 3초만에 고개를 팍 숙이긴 했지만. 이건 교장선생님이 무섭게 생기시거나 그래서 고개를 숙인 것은 아니다. 그 옆에 이리보고 저리봐도 내가 들어갈 반의 담임선생님이 서 있었기 때문이다.

느낌이 안 좋았다. 아니 사실 원래부터 느낌이 좋지 않긴 했지만 특히 좋지 않았다.

아니나 다를까. "교과서 이리 주고 나 따라와~"

오늘은 교과서만 받아오고 집으로 팽 튀어올 생각이었는데…. 정규 수업을 받고 네 시에서야 집에 가게 생겼다. 그뿐이 아니다. 아이들도 만나야 한다. 아마 소개도 해야겠지. 난 교복도 없었기에 아이들이 아니꼽게 볼 수도 있었다.

나보다 훨씬 보폭이 큰 미래의 담임선생님을 일부러 종종걸음으로 천천히 따라가며 내 옷차림을 훑어보았다. 하얀 맨투맨에 노란 후드티. 그 누가 보아도 불량학생의 차림은 아니었다. 하지만 노란색은 너무 튈 것 같은 생각에 후드를 벗어 손에 들었다. 아, 이런 상황 정말 싫어. 복도를 지나가다 스치듯 보였던 열려있는 창문으로 뛰어내릴 생각을 하던 그때, 야속하게도 내가 일 년동안 지낼 교실에 도착했다. 드르륵 소리가 들리자 아직 정리가 되지 않은 내 머릿속은 입 밖으로는 꺼내지도 못할 욕지거리들이 나뒹굴었다.

교실 문이 열리고 선생님은 밝다못해 신난 목소리로 크게 외쳤다. "자~ 우리 ㅇㅇ가 전학간 지 일주일도 되지 않아서~ 또다른 학생이 왔죠~" 저마다 다른 일을 보고 있던 아이들이(대부분 떠들고 있었지만 말이다) 모두 선생님의 크고 우렁찬 소리에 고개를 스르륵 돌렸다. 그 모습이 월드컵의 파도타기같다고 생각하는 도중, 한 남자아이의 장난스런 목소리가 들렸다.

"쌤 걔 누구에요?? 전학생이에요?? 아...남자애면 좋았을텐데" 고개를 숙이고 귀를 닫으려 애썼지만…. 귀는 손을 대지 않고는 막을 수 없다는 것이 처음으로 원망스러웠다. "내가 남자로 태어났어야 했나"라는 생각 따위를 하고 있을 때, 또 한번 손대지 않고 귀를 막으려 애쓰는 내 머릿속을 비집고 또다른 목소리가 들려왔다. 얇지만 아이같지는 않은 목소리. 담임선생님이다.

"자자, 새로 온 아이인데 그렇게 말하면 안되지. 서서히 반에 적응해가야 하는데."

아. 역시 선생님은 선생님. 두마디만 더 들었다간 정말 쓰러질것 같았는데, 날 구원해주셨다.

"그럼 일단 소개부터 해볼까?"

아. 아닌것 같다. 다시 눈앞이 어지러워진다. '음…여기서 쓰러진다면 난 정말 학교생활을 말아먹게 되겠지. 뭐 잘 지낼거라는 기대도 하지 않았긴 했지만.' 내 금방이라도 픽 쓰러질 것같은 표정을 보아서일까. 선생님은 곧 뒤에 아주 멋진 말을 덧붙이셨다.

"직접 할래. 아니면 내가 해줄까?"

선생님은 그런 좋은 선택지가 있는데 왜 먼저 말해주지 않으셨을까.

"아…전 선생님이 해 주시면……."

끝 음을 내지는 않았지만 의미는 확실히 전달되었을 것이다.

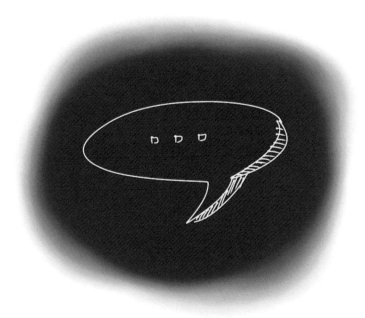

음…. 선생님이 너를 잘 모르는데…. 알았다. 아마 선생님은 내심 내가 하기를 바랬던거 같다. 난 고민하는 척 한숨을 쉬었지만 마음은 선택지를 준 순간부터 바뀐 적이 없었다.

"음…그래요?"

고민하는 척 말줄임표를 나열했지만 결국은 선생님이 나에 대해 아는 것만 주르륵 나열한 이상한 소개가 되어버렸다.

"자, 이 친구 이름은 박문정이고, 서울에서 왔습니다. 나이는…뭐 알 거고, 그럼 저기 맨 뒤 뒷자리에 앉아 있어. 이따 종례시간에 이름 외울 시간 줄게!"

선생님은 다음 수업이 급하셨는지 몇초만에 말을 마치곤 바람처럼 사라지셨다. 급하게 말한 탓에 '박문정'이 '방뭉정'으로 들렸다. 애들이 이름 착각하는 것까지 걱정하는 건 누가봐도 오바겠지. 조용히 자리에 가 앉아있는데 여자애 둘이 다가왔다. 한 명은 모범생처럼 보였고, 한 명은 귀엽게 생겼다. 대충 뭔지 알것 같네. 애들을 보며 성격을 궁예질하는데 모범생처럼 보이는 애가 입을 열었다.

"어디서 왔어?"

전학생들에게 묻는 단골 멘트다. 이 정도야…. 버벅거릴 정도는 아니다. 내가 버벅거리는 순간은 상대가 불편할 때, 그리고 상대가 날 불편해할 때. 이렇게 두 순간 뿐이고, 이 둘은 날 불편해하지도 않는것 같으니 말을 더듬을 이유는 없었다.

"난 서울에서 왔어. 근데 외곽에 살아서 거의 뭐, 도시도 아냐."

서울 깍쟁이의 이미지를 만들지 않기 위해 덧붙인 말이었다. 솔직히 말해놓고는 혼자 오바하는 것처럼 보일까 걱정했다. 나도 참 별종이야.

"아…그렇구나!"

"우와 서울 학교는 어떤 곳이었는데?"

귀엽게 생긴 아이가 전자, 모범생처럼 보이는 아이가 후자였다. 예상과는 다른 목소리와 반응. 난 그들의 외관을 보며 열심히 성격을 유추했지만 결국은 시간만 낭비한 꼴이 되어버렸다.

"…저기?"

잠깐 낭비한 시간에 대해 아쉬워하고 있을 때, 귀여운 아이의 예상외인 진중한 목소리가 들려왔다.

"아…응 우리 학교?"

이때는 우리 학교라고 말해야 했을까,예전 학교라고 말해야 했을까? 또다시 생각이 뒤엉키려 하지만 이 이상 말을 끌면 안될 것같다는 생각에 재빨리 입을 열었다.

"우리 학교 예쁘게 생겼지. 미국 학교처럼 생겼어."

해외로는 나가보지도 못한 내가 미국학교가 어떻게 생겼는지 어떻게 알까? 하지만 거짓말은 아니다. 뉴스에서도 우리 학교는 미국식 학교라고 소개했었으니까. 재수없어 보일까 걱정했지만 이 애들은 별 생각도 없어보였다.

"우와 나 하이틴 사랑하는데."

좋아하는데도 아니고 사랑한다니.…. 모범생처럼 보이는 아이가 하이틴을 사랑하지 않는다는 것쯤은 알고 있었다. 그저 이때 아이들에게 대부분 스며든 과장된 표현이 거북했다.

조회시간을 끝내는 종이 울리고 그 아이들의 이름과 좋아하는 과자,사랑하는 연예인을 알게 되었다. 귀엽게 생긴 아이의 이름은 한지수. 모범생처럼 보이는 아이의 이름은 김은별이었다. 지수는 버터와플을 좋아했고, 은별이는 하리보를 좋아한다고 했다.

일단 오늘은 이 아이들의 이름을 안 걸로 만족하려 했다. 전학은 공부하는 장소가 바뀌는 것 뿐이라고 생각하려 했는데도 고작 두 명의 이름을 알았다고 벌써부터 행복해하는 내가 좀 모자라 보였다.

학교에서의 수업은 금방 끝나버렸다. 아니, 사실 기억이 잘 나지 않는다. 수업시간엔 칠판을 보며 멍을 때리고, 쉬는시간엔 아이들로부터 질문세례를 받았다. 이걸 여섯번 반복하고서야 집에 올 수 있었다. 집에 도착하고서는 도저히 공부를 할 생각이 들지 않아 먼지투성인 매트리스에 누워 불을 켜지 않은 천장을 바라보았다. 공부하는 공간이 바뀌었고, 눈에 들어오는 사람들도 바뀌었다. 날 떨리게 하는 것이 무엇이든 떨 거 없다며, 그리워할 필요 없다며 스스로 위로하는 말을 건네며 눈을 감았다. 내가 이전의 무엇이든 쉽게 놓지 못한다는건 나 자신도 알고있었다. 그러나 이렇게라도 생각하지 않으면 무언가에 휩쓸려갈것 같았기에. 그것이 무엇인지는 몰라도 순순히 휩쓸려갈 생각은 없었다. 잊을 수 있어, 그곳에 있을 때도 그렇게 행복하진 않았으니까. 난 그냥 삼 년동안 버티다 조용히 졸업하면 되는거야. 그게 내가 원하는 거니까. 그냥 시간에 몸을 맡기면 되는거야. 내가 손대지 않아도 잘 굴러가게끔.

2. 꿈이 뭐니?

아주 어릴 때부터 많이 들었던 질문이다. 현재는 대답할 수 없지만….
분명 그때는 많고도 길게 대답했을 것이다. 읽는 책이 늘어나고 학년이
올라가고, 생각도 많이 하게 되며 이젠 그 질문에 대답할 수 없다. 주
변 사람들, 심지어 어른들까지 모두 대답하는 걸 보면 조금은 불안하지
만 '꿈'을 찾는데 시간을 소비하고 싶진 않다. 난 할 일이 많고, 그것들
은 결국 내 미래를 가리키고 있다는걸 알기 때문에 더운 마음에도 땀
을 흘리지 않으려 했다.

이곳에 전학 온 지 어느덧 일주일이 되었다. 아직 계절이 변할 시기는 아니지만 조금 추웠다.나만 그런 걸까? 어쨌든 다린 지 얼마 안 된 빳빳한 교복을 꺼내 입었다. 해가 뜬 지 얼마 안 된 건지 아침공기가 소름돋을 정도로 차가웠다.

어제도 오늘도 시간표 말고는 바뀐 게 없는 것같아 한 번 더 우울했다. 답답했다. 올려입은 치마 탓에 명치가 눌리는 것 같았다. 크게 소리를 지르고 싶었다. 왜인지 모르겠지만 산에 올라가고 싶었다. 폐가 터질 만큼 숨을 쉬고 싶었다. 난 학교에서 숨을 쉴 수 없었다. 학교는 나의 기대만큼도 편한 곳이 아니었다. 하늘마저도 보기 불편했다. 숙제는 꼬박꼬박 해 갔지만 공부는 그만둔 지 꽤 되었다.

날 아니꼽게 보는 사람은 없었지만 난 괴로웠다. 오지도 않고 보이지도 않는 미래가 두려웠다. 이곳에 날 두고싶지 않았다. 벗어나고 싶고 돌아가고 싶었다. 뭐라도 해야겠다 싶었지만 나에게 허락된 것은 비가 와도 여전히 아름다운 세계를 보는 것 뿐이었다.

이곳에서도 어김없이 꿈이 뭐냐는 질문을 들었다. 그것도 교무실에서, 담임 선생님께.

꿈이 무엇인지가 뭐가 중요할까. 고작 십사년 산 나에게 어른이 되어 무엇으로 밥벌어 먹고 살 거냐고 묻는 것은 쓸데없는 기대를 심어주는 것 같다. 넌 뭐든 될 수 있다고. 괜히 이루지 못한 실망만을 안겨 줄 뿐이다. 그렇다고 나도 꿈이 아예 없는 것은 아니다. 굳이굳이 긁어 찾아보면 아주 조금은 있겠지. 심한 경우엔 그것마저도 포기하게 되려나. 별 상관 없으니 그저 모른 척 하는 것 뿐이다.

선생님의 부담스러운 눈빛을 피하곤 입을 열었다.

"아직 없어요."

여느 때와 같은 대답을 하고는 선생님의 안타까워하는 시선을 한 번 더 피했다.

"그럼 좋아하는 건 있니…?"

선생님은 매우 조심스럽게 물었다. 그게 뭐가 실례가 되는 질문이라고….

"아뇨…없어요."

선생님은 아까보다 더 날 동정하는 눈빛으로 바라보았다. 나에겐 슬픈 일이 아닌데, 멋대로 날 불쌍히 보는 건 좀 불쾌하긴 했지만. 학생에게 하나하나 신경 써주시는 선생님이라고 생각하기로 했다. 그래, 좋은 게 좋은거니까.

교무실을 나오며 문을 닫았다.

"끼이익-"

오래된 문의 건조한 소리가 났다.

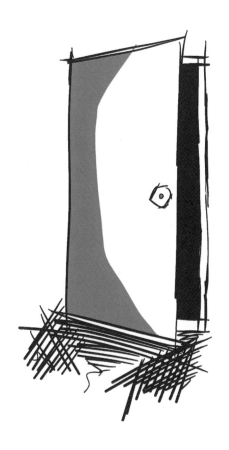

"저기. 문정아. 나머진 다음 시간에 알려줄게. 나 방송실 가 봐야할것
같아서……."

교무실이 어딨는지도 모르는 나를 위해 학교 구조를 알려준다며 쉬는 시간동안 교무실과 도서관을 데리고 돌아다녀준 애였다.

"응응. 가봐. 난 괜찮아."

괜찮다는 말은 하지 않아도 좋았을까? 내가 뭐라고 괜찮고 말고야……

"응! 다음 시간에 보건실도 알려줄게"

뒤로 걸으면서까지 손을 흔들면서 말했다.

"응."

고마운 아이네. 뒤돌아 교실로 발을 옮겼다. 쓸데없는 걱정하는 버릇 고쳐야 하는데…. 아니다. 또 쓸데없는 생각. 그냥 아무 생각도 하지 말자. 별 도움도 되지 않고 재미도 없는데…. 시간만 아까우니까….

쓸데없는 데 이렇게까지 매달리는 나를 보니 아까의 꿈이 뭐냐는 질문이 생각났다. 선생님에게도 어려운 질문이었을까? 아니면 역시 나만 신경 쓰지 않는 질문일 뿐이었을까? 손을 대면 댈수록 꼬여가는 느낌에 꿈과 어른에 대해선 잊기로 했다. 내가 이런 결심을 하면 절대 잊지 못한다는 것을 암에도 말이다.

나한테 꿈이란 게 있긴 있을까. 이미 잊겠다 했었지만 수업 시간, 쉬는 시간엔 할 게 없었기에 종종 눈을 감고 꿈에 대해, 선생님과 나에게 꿈이 뭐냐 묻는 어른들을 생각했다. 돈을 잘 버는 일.좋기야 하겠지만 내가 그 일을 하며 행복할 수 있을까? 아니, 돈을 잘 버는 게 정말 좋은 일이긴 한 걸까. 난 잘하는 것도, 좋아하는 것도 없는데….

"박문정, 일어나서 삼 번 읽어봐."

"……"

"박문정?"

"아, 네"

굵은 도덕 선생님의 목소리에 의해 나만의 공상 시간이 쨍 소리를 내며 금이 갔다. 공상이 방해되는건 그닥 좋은 기분은 아니었지만 수업시간의 규칙을 어긴 나에게 미간을 찌푸릴 권한 따윈 없었다.

"주몽은 강을 향해 소리쳤습니다. 나는 하백의 외손자인……."

그래, 잘하는 게 없다면 공부라도 해야지, 뭐라도 하려면 공부부터 해야지. 공부, 공부, 공부. ―

어느새 그렇게 싫다던 어른들의 말투를 따라하는 나를 보니 너무나 약해보였다. 어른들의 말이라도, 공부라도…. 어딘가에 의지하지 않으면 곧 무너질 것 같았다. 아까의 교무실 문처럼 건조하고 낡은 소리가 나는 것 같았다.

도덕, 수학, 국어, 기가 그리고 종례.

학교의 시간은 날카롭고도 빠르게 지나간다. 시간에 베이지 않기 위해 발을 더 빠르게 움직여야 할 때가 왔다.

나만이 꿈이 없는건 아닐 거라면서 평범함을 갈구하였다.

3. 비교질

전학온 지 오늘부로 두달이 다 되어간다. 이제 전학이라는 단어를 듣지 않게 될 지도…. 전학생이라는 정체성을 잃어버리는 느낌이라 솔직히 이 반에 스며드는 것이 조금 망설여지긴 했다.

난 이 반에서, 이 아이들에게서 느껴지는 '나'를 의식하고 있었다. 그도 그럴 것이 내가 이 반에서 차지하는 부분은 전학생, 그 이상도 이하도 아닐 것이기 때문이다. 여러 아이들에게 평범하게 인정받기란 쉬운 일이 아니다. 그렇기에 모두 하나의 정체성을, 하나의 지분을 얻으려 하는 것이겠지, 물론 그런 아이들 중에 평범히 인정받은 아이들도 분명 있다. 어느 학교, 반을 봐도 두세 명은 꼭 있겠지. 그런 아이들은 대부분 친구들과 두루두루 친하고, 부드러운 성격이지만 도움이 되는 관계 외의 어떤 것이든 냉정해질 수 있다. 나는 그런 것이 거짓 같아 평소 친하게 지내기 어려워했다. 입만을 웃고 있는 그 '아이들'의 표정은 나에게 무엇보다 어렵고 소름 돋는 것이었으니까.

시끄러운 아이들의 목소리가 그때의 서늘한 감각을 떠오르게 했다.

"야, 걔 좀 이상하지 않냐? 만나는 사람들마다 리액션이 다르잖아. 완전 가식덩어리같아. 으웩."

"그니깐, 이중인격인줄 ㅋㅋㅋ"

"이중인격이라니, 그정도면 적어도 십중인격 아니냐?"

"야, 완전 인정ㅋㅋ"

저 애들은 내 친구들이다. 정확히 말하면 내 친구들이었던 애들. 아마 여긴 현실이 아닌가 보다. 이런 걸 현실도피라고 하는건가? 근데 왜 하필 이곳으로 온 건지,여 기는 거지같은 현실보다 더 거지같은 기억인데. 나의 습관은 모두 저 애들로부터 만들어진 거다. 습관이라고 칭하지만 솔직히 그냥 흉터 같다. 상처가 난 자리에 덧씌워 생긴 흉터. 아프진 않지만 누군가에겐 동정을 불러일으키는 그런 흉터말이다.

애들의 말은 별로 흥미로운 내용은 아니었다. 화장실 구석엔 내가 없다고 생각하고 떠들어 대는 흔한 뒷담. 웃기지도 않는 수준 낮은 욕설들. 그것뿐이었다.

그 화장실 칸에 내가 있다는 것도 모르고, 난 내가 있을 것 같은 화장실 칸을 열었다. 유일하게 불이 꺼져 있는 칸. 신나게 뒷담을 까던 아이들에겐 내가 보이지 않는 듯 했다. 보여도 이젠 상관없지만.

예상대로 불 꺼진 칸엔 내가 있었다.

현실의 '나'보다 키도 작고 안경도 쓰지 않은 내가 코가 벌게진 채로 울지 않으려 애쓰고 있었다. 그냥 울어버리지. 그래서 저놈들이 네가 있단 걸 알고 당황이라도 하게 했어야지.

시간이 지나가는데도 아이들의 욕설은 계속해서 들려왔다. 지치지도 않는지. 종은 언제 치는지. 체감상 삼십분은 기다린것 같은데 아이들의 카랑카랑한 목소리는 멈출 기미가 없었다. 이중인격. 가식적인 년.

앞과 뒤가 다른 애.

그래. 여기서 난 이런 존재였지. 이제 '난' 흘리던 눈물도 말라 자국이 되고, 빨갛던 코도 파란빛으로 변해가고 있었다. 반에서 평범히 인정받는 아이들과 어울리려 한 일들이었다.

키가 크고 운동을 잘하는 아이는 나의 털털한 모습이 좋다고 했다.

그래서 그렇게 했다. 머리가 밝은 갈색빛이고 피부가 하얀 아이는 내가 꾸미는 게 장점이라 했다. 그래서 그렇게 했다.

그리고 머리가 까맣고 피부가 어두운 그 아이는 내가 물건을 잘 사주어 좋다고 했다.

그래서,

그래서 그렇게 했다.

그 애들은 날 멋대로 평가했을 뿐이다. 나에게 깊은 상처를 냈을 뿐이다. 나와 자신을 비교질한 거다. 그때의 나도 알고 있었을 거다.조금 늦게 알았을 뿐이겠지. 늦었다 생각해서, 내칠 수 없다고 생각해서 바보같이 듣고만 있었던 걸지도.

'그래도 내가 쟤보단 낫지.' 뭐가 낫다는 건지. 인성?성적?외모? 그런 것으로 나를. 사람을 비교질하고 내리깎으며 만족감을 얻는 모습에 토악질이 나오려 했다. 이곳의 나는 지금의 나보다 더 흔들거리고 있었다. 당장이라도 깊고 까만 아래로 떨어질 것 같았다. 비교질은 못된 거라 실컷 떠들어 놓곤 나와 과거의 박문정을 비교하는 게
좀 웃기긴 하지만…….
나는 나의 감정을 기억하고 있었다.
그때의 생각.
느낌.
볼 위로 흐르던 눈물의 온도까지 모든 것이 생생했다. 이런 것도 자기합리화와 변명이라 한다면 맞다고 하겠다.
"누군가를 낮춰보고 왈가왈부하는 건 그 사람보다 더 가라앉아본 사람만이 했으면 좋겠네."
울음을 참는 내 모습이 답답했는지 나도 모르는 새에 중얼거리며 미간을 찌푸렸다. 답답하다 말한 지 일 분도 되지 않아서 난 한줄기의 눈물을 내보냈다. 나도 참 웃기지만 나를 도와주고 싶어졌다.

이때의 나는 말할 사람이 없었을 테니까. 나에게 그럴 수 있다 말해주는 한 명의 사람조차도 내 곁엔 없었으니까. 여기선 내 몸이. 마음이.

생각이 모두 대담해지는 것 같다. 마치 곧 저승으로 가버릴 사람처럼.
지금같은 반투명한 손으론 뭔가 만질 수 없을것 같지만…아까 문손잡이
도 만져졌으니 문제는 없을 것 같다. 나에게 무어라
말이라도 해주고 싶었지만 지금 나에겐 아무 소리도 들리지 않을 것 같
았기에. 난 나를 향해 손을 뻗었다. 손끝에 뜨거운 감각이 느껴지고 반
투명했던 손가락에 살구빛이 감돌았다. 우는 나의 작은 귀를 꼭 막아
주었다.

"그냥 듣지 마. 무시해 그냥."

부스럭-

따뜻한 감각이 돌아오고 곧이어 온도가 식는 것이 느껴졌다. 나에게 손을 뻗으며 기껏 용기를 냈지만 어쨌든 환상 속에서 일어난 일이기에 잠에서 깨면 사라질 꿈이었다. 꽤 힘든 시간이었는지 눈이 잘 떠지지 않았다. 게다가 잠에서 깨고 환상 속에서 헤어나오는데는 자그마치 삼분이 걸렸다. 현실인데도. 지금은 그때보단 나은 상황인데도.

난 아직도 그 아이들과 나를 비교질하고 있었다.

"...한심하다."

난 암순응이라는 단어를 싫어했다. 어두운 환경을 딛고 나아갈 생각은 하질 않고, 그냥 모든 걸 포기하고 어두운 밤에 머무르는 걸 합리화하는 말 같아서. 그래서 그 아이들을 동경했던 걸지도 모른다. 평판, 성적, 외모···. 모든 것이 나보다 뛰어난 아이들. 어두운 나와는 달리 밝게 빛나는 아이들을 보며 특별하다 느끼고 나도 모르는 새에 그것을 '행복한 감정'이라고 인식하고 있었던 걸지도. '남들과 나를 비교하는 건 자존감을 깎아내리기에 좋지 않다.'는 건 나도 알고 있다. 아주 잘 알고 있지. 그럼에도 내가 저 애들을 부러워하며 목표로 삼은 건, 내 자존감을 포기했다는 뜻 아닌가? 그건 곧 불완전한 '나'자신의 정체성을 버리는 하나의 암순응이 아닐까?

그 아이들과는 전학을 오며 자연스레 헤어지게 되었다. 아무런 갈등도, 오해도 없이. 난 입을 다물었다. 뒤에서 나에 대해 할 말, 못할 말 모두 했던 그 애들과 난 암순응했다. 그 아이들과 나를 비교질하며 끝까지 나를, 그 아이들을 똑바로 보려 하지 않았다.

우울한데 기분은 나쁘지 않은 게 두려웠다. 똑같은 하루에 지쳐갔지만 발버둥치지 않았다. 가능성이 없어보였다며 합리화만 한 지 몇개월이 지났다. 내가 손대지 않은, 내가 없는 이 세계가 너무나도 완벽했기에 밖으로 나가고 싶지 않았다.

그럼에도 숨을 바랐다. 그럼에도 어두운 밤에 암순응한 나를 포기하고
싶지 않았다. 하루에도 몇 번씩 부정적인 생각이 방문을 두드렸지만,내
가 문을 열어주지 않아도 머릿속으로 걸어들어오긴 했지만.
밤마다 울어 눈은 하루가 다르게 부어올랐지만…. 그래, 모든 게 하나
하나 제대로 풀리는게 없지만 그래도 날 제대로 보려 불투명하게 말라
버린 차가운 눈물 위로 쌓이는 투명하고 따뜻한 새 눈물을 흘려내었다.
부정적인 면과 우울한 모서리, 증오하는 꼭짓점을 이은
검은 '나' 라는 존재를 씻어내고 싶었다. 그것은 내가 아닌가? 그건 내
가 바라는 내가 아닌가? 내가 잊고 싶어 하는 모습으로,내가 인정하고
싶지 않은 모습으로 나타나 언제나 나를 울게 한다.

어찌보면 불행인 눈물이라도 좋으니, 완벽히 사라지는 건 원하지도 않
으니…. 당장의 날 덮치는 나를 조금이라도 씻어내고 싶었다. 난 나를
향해 손을 뻗었지만 동시에 불행까지 쥐게 되었다.

그건 어쩔 수 없는 건가. 날 구하려면 나의 그림자까지 안아야 하는 건
가.

4. 흘러가긴 하는 시간

모두 누군가의 탓이니 스스로 목을 쥐려 하지 마.

사람이 왜 스스로의 목줄을 쥐는지 알게 해 준 긴 시간. 이렇게 살다간 죽든지, 죽은 듯이 살든지, 둘 중 하나일 것 같은 마음에 덜컥 겁이 나 인터넷 상담도 이것저것 알아보고 교내 위클래스와 상담부도 기웃거렸지만 결국은 엄마에게 말을 꺼내게 되었다. 아무래도 모르는 사람에게 내 치부를 드러내 보이는 것보단 덜 불편할테니까. 그렇다고 엄마에게 모든 걸 말할 생각은 없었다. 아무리 엄마라도 내 그림자까지 보여주는 건… 아니다. 엄마라서 더 보여주는 게 두려울 수도 있겠네. 엄마는 날 완전히 믿고 있으니까. 그래도 이왕 말하기로 마음먹은 거. 당당히 말하기로 했다. 학교에서 웃는 게 너무 힘들다는 것과 쉬는 시간마다 날 찾아오던 아이들도 날 자세히 보곤 뚝 끊겼다는 거. 그리고 이게 모두 나 때문에 일어난 일이라는 게 너무나도 머리 아프고 눈물나는 상황이라는 것까지 모두 말했다. 난 엄마에게 하나하나 조심스럽게 이야기를 풀어내었고. 엄마는 내 이야기를 하나하나 꼼꼼히 듣고는 한참 동안 눈물을 흘렸다. 마치 어젯밤의 나처럼.

난 엄마의 어떤 말로 인해 위로받을 줄 알았다. 하지만 아직 엄마는 아무 말도 꺼내지 않고 나와 같은 모습으로 울어준 것 뿐인데도 내가 왜인지 눈물이 날 것 같았다.

"엄마. 내 얘기 들어줘서 너무 고마워…정말로…."
"뭐가 고마워 문정아. 엄마가 딸 얘기 들어주는 건 당연한 거야."
나는 누군가의 당연시한 배려를 받아본 게 얼마만인지. 엄마는 딸의 진실된 이야기를 들어본 게 얼마만인지, 엄마와 나는 답답한 마음에 서로를 보며 눈물을 흘렸다. 그럼에도 위로가 되었다. 드디어 누군가와 진실된 대화를 했다는 것에 가슴이 뜨듯해졌다. 식은 눈가가 다시 따듯해질 때쯤 엄마가 눈물을 닦고 입을 열었다.
"문정아. 엄마가 뾰족한 해결책을 내주지는 못하겠지만…억지로 웃으려 노력할 필요는 없어. 넌 억지로 올리는 입꼬리 말고도 얼마나 매력적이고 귀한 사람인데. 그리고 남의 시선 의식하는 거.그건 정말 버리기 힘들지? 남이 의식할만한 시선을 보내면서 말야."
"응"
엄마는 내가 말하고 싶은 부분을 대신해 정확히 집어내주었다. 이미 엄마는 내가 말하며 생략한 부분도 알아챈 듯 했다.
"엄마도 그래. 이렇게 어른이 되었는데도 그 버릇은 고쳐지질 않더라. 그래서 엄마는 방법을 찾아냈어."

엄마는 철학자같은 진지한 표정을 짓고 말했다.

"누가 뭐라 하더라도 엄마의 생각을 잊지 않는 거. 남이 불어넣은 바람에 흔들리더라도 머릿속으론 내 생각. 의견. 소신을 절대 잊지 않는 거야."

"엄마처럼 강한 사람도 그런 생각을 하는구나…."

왠지 안도감이 들어 조그만 목소리로 중얼거렸다.

"엄마가 강해 보이니?"

"응."

"왜?"

"엄마는 엄마 앞에 어떤 것이 목표를 가로막아도 뚫을 방법을 찾아내잖아. 저번에 교회 전도사 아저씨 아낸 것처럼…."

"흐흐. 엄마가 강해 보였다니 다행이네."

"뭐가?"

"엄마는 강하지 않거든. 약한걸 숨기려고 강한 척 하는거야. 엄마한테는 책임져야 할 게 많으니까. 근데 아직 한참 어린 네가 이런 생각을 하는 게…. 참 엄마가 왜 몰라줬을까…."

엄마는 다시 눈물을 흘릴 듯 눈가가 빨개졌다. 엄마는 엄마대로 갑자기 닥쳐온 불행을 묵묵히 감당하고 있었나 보다. 어른이기에, 책임지고 감당해야 할 가족이 있었기에. 난 아직 엄마의 심정을 다 이해하지 못한다. 그래서 내가 엄마처럼 깊은 위로를 하진 못해도, 괜찮다는 말은 해줄 수 있었다. 나 아직 버틸 만 하다고. 엄마가 같이 울어줬으니 괜찮을뿐더러…. 난 어찌되었든 엄마에게 항상 고마울 따름이라고, 사랑해

줘서 고맙다고.

엄마와 울며불며 껴안고 위로받은 지 일주일. 날 감싸고 있는 물리적인

상황이 나아진 건 전혀 없지만 나름 괜찮은 마음으로 생활하는 중이다. 무엇보다 밤마다 우는 증상이 사라졌기 때문에…사는 데 회의감이 줄어 들었다고나 할까…? 어찌되었든 예전보다는 살아가는 게 힙겹지 않다. 고작 두 시간 정도 엄마랑 껴안고 운 게 단데 이렇게 쉽게 나아져도 괜찮은 건가 싶지만 동시에 불쑥 찾아온 평화에 나도 모르게 안심해 버려 또다시 우울해지진 않을까 걱정이
되었다. 원래 높이 올라갈수록 판단력은 탁해지기 마련이고, 떨어질 때 뼈는 더 잘게 부서지기 마련이니까. 그것뿐만 아니라 잠깐동안의 평화라는 연고가 치료해 주기엔 내 상처가 너무나 크고 흘린 피가 강을 이루었기 때문에 곧 약효가 떨어질 것이 뻔했다. 타오르는 불에 물 한컵 붓는다고 불이 사그라드는 건 아닌 것처럼. 좀처럼 사그라들지 않는 불안감에 밤엔 눈물 대신 머릿속 깊은 곳의 생각을 켜두고 잠에 들곤 했다.

문제는…요즘 다시 지수와 은별이가 다가온다는 것. 물론 나같은 애한테 다가와 주는 것만으로도 고마운 일이지만 자꾸만 나에게 많은 걸 바랐던 아이들이 오버랩 되어 보인다는 것이다. 나만의 불안함 그 이상도 이하도 아니겠지만 내가 아직도 그 단계에서 벗어나지 못했다는 게 조금 아쉬울 뿐이었다.

아직은 내 그림자를 제대로 볼 수는 없지만 곧 그렇게 되겠지. 내가 나에게 손을 내밀었던 것처럼. 귀를 막아 주었던 것처럼. 그렇게만 되면 얼마 되지 않아 무시하게 되겠지.

엄마가 말해주었던 방법처럼. 불행한 나의 속삭임은 듣지 않게 될 거야. 그렇게만 된다면…더이상 밖에 나가지 못할 이유도 없어지겠지….

나를 묵인하고 무시한다면…그래. 그거면….

시간이 해결해 주는게 갈수록 많아질거야. 그래도 어색해하고 조급해질 필요 없다는 거. 그렇다고 무시하는 게 항상 방법은 아니라는 거! 가끔은 돌파구도 필요하지. 그게 1대1이든 1대 다든 겁내면 돌직구를 날리겠다 결심한 시간이 아깝잖아?"

언젠가 아빠에게 들었던 말이 생각났다.

돌파구…. 내가 가장 어려워하는 말 중 하나였다. 앞뒤 안 가리고 들이받는 것. 기분과 그때그때의 감정에 따라서 결정을 내리는 유연함. 지금 내게 가장 필요한 것일지도 모른다.

아빠는 이미 갖추었던 것. 아빠에게 지금 내 상황은 가끔 찾아오는 고민 정도로 끝날 일일지도 모른다. 아직 아기라는 듯이 눈을 가리고 큭큭 웃을 수도 있겠지. 그래도 아빠에게 내 상황에 대한 의견 한 마디라도 듣고 싶었다.

"무작정 가는 건 역시 내 스타일이 아니야…."

사무실에 찾아갈까 했지만 그냥 아빠가 올때까지 기다리기로 했다. 혹시라도 거래처와 미팅중이라면 그것만큼 민폐가 없으니까.

"삑삑…삑…삐리릭"

아빠가 힘겹게 도어락을 누르는 소리가 들렸다.

"아빠...!"

나도 모르게 쇼파에 널브러져 있던 몸을 벌떡 일으키며 소리쳤다.

"뭐야, 아직까지 안자고 있었어?"

"응, 아빠 기다린다고."

"어이구, 웬일이래?"

"물어볼 게 있어서."

엄마와 대화할 때보다 덤덤해진 말투에 많이 나아졌구나 싶어 일부러 미소까지 지으며 말을 이어갔다.

"뭐길래 아홉 시까지 안자고 기다렸대? 말해봐."

아빠는 더욱 진지해진 표정으로 자켓을 벗으며 쇼파에 몸을 기댔다.

"그...게 말이야. 좀 유치해 보일 수도 있겠는데."

"뭔데, 일단 말해봐."

"그...내가 예전에 놀던 애들하고 일이 좀 틀어졌었잖아. 근데 자꾸 그 애들을 깎아내리면서도 내가 비교돼. 사실 그것 때문에 최근 엄마랑도 얘기했던서였고…."

"음, 음 그래서 그때 그렇게 울었던 거였지. 엄마한테 대충 얘기는 들었다. 안그래도 얘기를 해볼까 했었어."

"그래? 엄마가 이미 얘기를 했었어?"

"응, 진작 들었다."

"으... 가족 사이에 비밀이란 없다더니…."

민망해서인지 작긴 하지만 누구든 들릴 듯한 소리로 중얼거렸다.

"큭큭. 그래서? 계속 얘기해봐."

"응…"

뭔가 아빠의 화술에 넘어간 아이가 된 것 같았다.

"그때 엄마랑 얘기하고…사실 많이 나아지긴 했는데 뭔가 응어리가 풀리지가 않은 느낌이야. 아 너무 두루뭉실한가? 그러니까, 아직 그때의 상황이랑 현재랑 변화가 없다는 거야. 마음이야 물론 시원하지만…이게 얼마나 갈까 싶기도 하고."

"그래서 아빠한테 2차 상담 받으려고?"

아빠는 익살스럽게 말했다.

"칫… 응 맞아."

"아빠야 충분히 들어줄 수 있지. 그러니까, 엄마 말과 네 말을 종합해 들어 보면… 넌 아직 너를 인정하지 못하고 있어. 그때의 불행하고 슬퍼했던 너를 불쾌히 여기는 거지. 그때의 나는 내가 아니었다고. 그러면서 오히려 네가 네 눈에 빛나 보이던 가해자의 편을 들어준거야. 아빠 말 이해 되니?"

"응."

아빠는 내가 꼭 아이라도 된 듯 이해가 되냐고 물었다.

"그래. 그래서 엄마랑 얘기를 했는데도 힘들었던 시절의 네가 자꾸만 떠오르는 거지?"

"응…"

아빠는 내 생각을 읽기라도 한 것처럼 천천히. 하지만 정확하게 한 자 한 자 힘을 실어 말했다.

"음…그런 상황이구만. 그러면 말이야. 이건 어때? 잊기가 쉽지 않다면

차라리 마주 보는거야. 아빠가 언젠가 말했지. 때로는 돌파구가 필요하
다고."

"…이해가 잘 안돼, 뭘 마주 보라고?"

"음…그러니까… 음, 그래, 너 상처 나면 보지 않으려 하니? 상처를 제
대로 알아야 어디 병원에 갈 지 알 것이고, 어떤 약을 써야 할지도 알
거 아냐? 그래야 더 빨리 상처도 아물 것이고…그렇지…?"

아빠의 비유를 들으니 이해가 조금은 된 듯 했다.

"아빠는 내가 불행했던 시절을 다시 돌아보라는 거야?"

"그럴수도 있지, 꼭 시절뿐만은 아니지만."

"그럼 또 뭐가 있다는…."

"예를 들면, 그때의 너를 다시 보라는 거야. 얼마나 힘들었는지,
얼마나 아팠는지, 누구를 동경하기 전에 말이야. 너도 알기 전에 누군가
가 되고 싶다 생각하는 건 뼈가 다 붙기도 전에 재활치료를 하는 격이
니까."

아빠는 진지함과 가벼움 사이에 있는 표정으로 술술 말을 풀어내었다.

"아빠, 나 사실 아까부터 눈물날 것 같아…."

"알고 있었다. 임마"

아빠는 팔을 뻗어 휴지를 두어 장 뽑아 내 손에 쥐어 주고는 말을 이
어갔다.

"네 불행을 마주 보라는 건 너에겐 조금 버거울지도 모르겠지, 하지만
언제까지고 이렇게 살기는 싫어서 아빠를 기다린 것 아니니?"

아빠는 마지막에 물음표를 남기곤 입을 열지 않았다.

마치 내 대답을 기다린다는 듯이, 내가 직접 어두운 나를 마주 보라니,

조금 잔인할지도 몰랐던 말이었다. 엄마와는 다른 느낌이었지만 위로가 되고 해답이 되는 것만은 확실했다. 아빠에게 고마운 마음을 안고 아직 보일러가 다 돌지 않아 서늘한 방으로 들어왔다. 생각은 아직 켜두었지만 이제는 내가 어떻게 해야 할 지 감이 조금 잡힌 것 같았다.

난 남을 보기 전에 나부터, 내 그림자부터 제대로 봐야 해. 그래, 그것부터 해야 했던 거야. 누군가를 동경하기 전에.

아빠 덕분에 난 또 다른 길을 찾는다.

아빠와 엄마가 날 위해 눈물까지 흘리며 힘써 줬다. 이젠 내가 스스로 발버둥칠 차례. 그래. 이제 방법을 알았다. 어떻게 이 늪에서 빠져나올 수 있는지. 이제 길을 알았다. 아마 내가 모두의 손을 잡을 순 없겠지.

그래도 나의 '행운'하나는 잡아야 하지 않겠어?

내 앞으로 찾아올
불행을, 증오를, 부정적인 모든 것을, 똑똑히 바라볼 것이다. 내게 주어
질 행운을, 행복을, 긍정적인 모든 것을, 덤덤하게 받아들일 것이다.

모든 것이 나아질 거라는 보장은 없다.
오히려 더 나빠질 가능성도 있다.

근데, 그게 뭐 어떻다고? 내가 감당하지 못할 무언가가 찾아와도 난
암순응하고 인정할 자신이 있다. 난 이미 겪었으니까,
한 번 정도는 더 와도 막아낼 수 있겠지.

예전과 같은 꿈을 꾸었다.
'내'가 '누군가'의 험담을 듣고 슬퍼하며 우는 꿈.

난 그때처럼 나의 귀를 막지 않았다.
난 나를 보며 말했다.

"그렇게 울지만 말고, 한번 나가보지 그래?"

|에필로그|

와…. 정말 닫는 글을 쓰는 날이 오긴 하네요. 게으른 저의 성격 탓에 이 글은 세상 빛을 보지 못할 뻔 했답니다. 전세계의 모든 작가분들 정말 리스펙 합니다.

한 문단. 문단마다 시간 단위로 하루가 사라지는 걸 느꼈답니다. 그래도 이렇게 조금 아슬한 게 글 쓰는데 대담함을 더해 준 것 같아 너무 부정적으로 생각하진 않기로 했습니다. 어쨌든 무사히 글은 나왔으니까요!

글에 대한 얘기를 조금 해보자면….

주인공인 박문정은 저를 100%투영한 캐릭터 입니다.이름까지도요! 다른 멋진 필명을 쓰고 싶었지만 제 실명이 주인공과 저를 잘 나타내주는 이름인 것 같아서 바꾸지 않았답니다.

다른 친구들처럼 희망으로 채운 글은 아니더라도 제 이야기를 그대로 써내고 싶었어요. 우울한 하루하루를 겪어본 분들이라면 공감되셨을거라 믿습니다! 공감이 되지 않으셨더라도….

나와 다른 이들의 이야기를 들여다보는 것도 책의 장점이니까요! 더 길게 닫는 글을 쓰고 싶었는데…. 페이지 수가 모자르네요….ㅠ 오늘도 열심히 하루를 살아갈. 살아온 여러분들께 존경을 표합니다. 보잘것없는 제 흔적을 봐주셔서 정말 감사해요.

우리들의 작은 하루에 행복과 희망이 깃들길!

            -오십 페이지에 이르는 여행을 함께한 박문정이-

편집 후기

『중학생 일기』 책 출판을 축하드립니다. 글뿐만이 아니라 그림까지 직접 그렸다니 정말 대단합니다.

다음은 수업 시간에 쓴 글의 일부입니다.

코로나 코: 코로나가 사라지질 않습니다
　　　　로: 로미오와 줄리엣처럼 죽어서도 붙어있으려나 봅니다
　　　　나: 나도 코로나에 익숙해지는 것 같습니다.

사랑: 사랑이란 사람을 사람답게 만드는 것. 생각만 해도 행복하고
　　　웃음짓게 만드는 것.

미래: 불확실하고 보이지 않지만 그럼에도 결국 발을 딛게 만드는 것.
　　　말도 안되는 목표에도 걸어가게 만드는 도박.

돈: 많아도 문제. 적어도 문제 이럴거면 돈 없는 옛 세상이 더 평화롭지
　　않았을까?

벌레: 어떤 곳이든 작은 생태계를 피워내는 벌레. 하지만 내 방만큼은
　　　사양이야.

비: 모든 것을 촉촉이 적시는 누명한 보석

눈에 힘을 주었다. 이 순간을 최대한 많이 담아두고 싶었다.몇년이
지나도 잊을 수 없도록 온몸에 힘을 주며 잊지 않으려 애쓰다. "
이것까지 까먹으면 안되는데" 멀리서 할머니, 할머니,부르는 앳된
아이들의 목소리가 났다.

친구: 세잎 클로버에 상처가 나면 네잎 클로버가 된다고 처음엔
그저 작은 행복이었던 네가 점점 행운으로 느껴지는 건,
그동안 우리가 많이 상처 입어도 또 자라났다는 작은
증표일까?

　　네가 아프면 나도 아프고, 네가 기쁘면 나도 기쁘다.

이보다도 더 많은 주옥같은 글들이 있는데 다 싣지 못함이 아쉽습니다.
그 아쉬움은 두 번째의 책을 만드는 것으로 마음을 달래보도록 하지요.
수고하셨습니다. 다시 한번 축하드려요.

　　　　　　　　　　　　　　편집자 강정희(2021년 12월 29일)